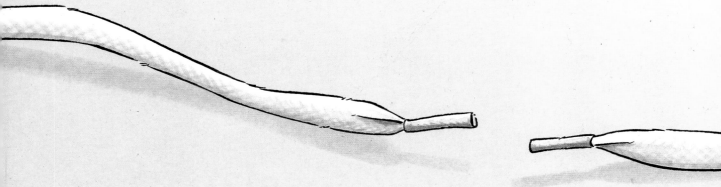

Primera edición norteamericana en español 2007
por Kane/Miller Book Publishers, Inc.
La Jolla, California

Primera edición norteamericana 2004
por Kane/Miller Book Publishers, Inc.
La Jolla, California

Publicado originalmente en Alemania con el título *Was Benni alles kann*
Derechos de autor © 2002 por Lappan Verlag GmbH, D-26121 Oldenburg, Alemania

Traducción al español por: Maria Fernanda Pulido Duarte

Todos los derechos reservados. Para más información contactar con:
Kane/Miller Book Publishers, Inc.
P.O. Box 8515
La Jolla, CA 92038-8515
www.kanemiller.com

Library of Congress Control Number: 2006931843

Impreso y encuadernado en China por Regent Publishing Services Ltd.
1 2 3 4 5 6 7 8 9 10

ISBN: 978-1-933605-40-1

Wilfried Gebhard

Lo que Eduardo sabe hacer

Kane/Miller
BOOK PUBLISHERS

– Necesitas amarrarte los cordones
de los zapatos –,
le dice la mamá a Eduardo.

– No puedo – contesta Eduardo –.
No sé cómo.

– Yo te enseño.

– No tengo tiempo.
Me tengo que ir a bucear.

– ¿A bucear? – le pregunta la
mamá –.
Pero… pero…

– Ya estoy retrasado –,
dice Eduardo.

Eduardo bucea hasta donde está el barco hundido.

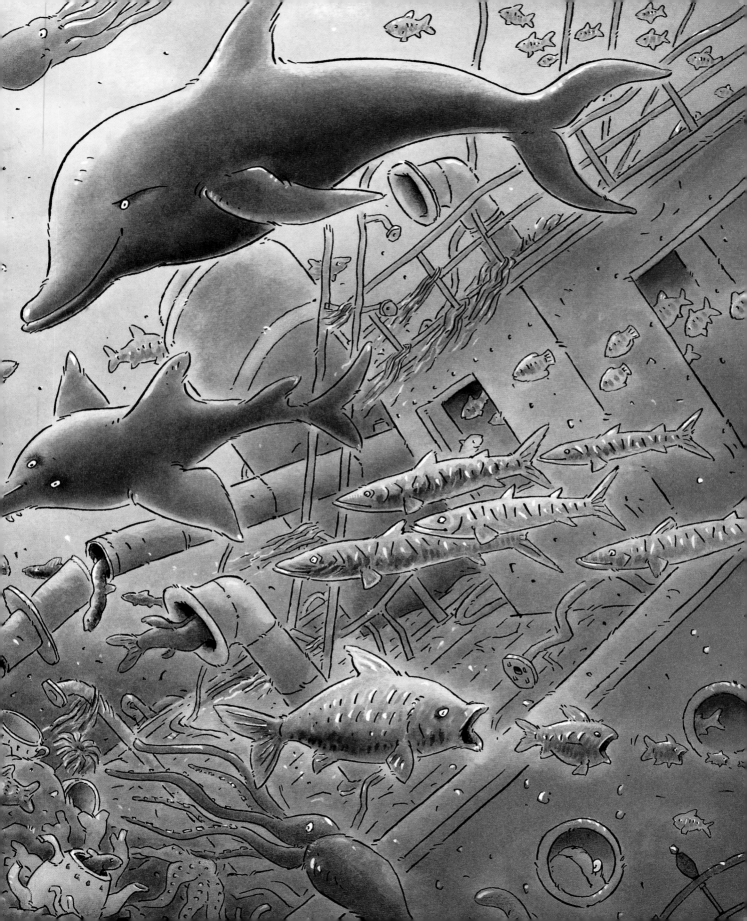

Descubre los misterios de cuevas oscuras.

Viaja a través del espacio exterior.

Explora la selva tropical.

Doma tigres.

Vuela con los pájaros.

Monta a caballo con grandes guerreros por la pradera.

Escala la montaña más alta del mundo.

Y luego, ve a su amiga Clara.
Ella se encuentra en problemas.

Eduardo tiene que rescatarla
del espeluznante monstruo
de doble cola.

– ¡Amárralo, rápido ! –,
le grita Clara.

– Ayayay –, piensa Eduardo –.
¿Amarrarlo?

– ¡No tengas miedo! – le grita
a Clara –. ¡Ya regreso!

Eduardo corre a buscar
a su madre.

– Ayúdame – grita –.
¡Tengo que aprender cómo
atar a un monstruo de un
árbol!

– ¿A un monstruo?

– Sí, por favor,
enséñame, ¡rápido!

– Es fácil; atar monstruos es
igual que atar los cordones
de los zapatos.

Su madre le muestra a
Eduardo cómo se hace.

Y luego, ¡Eduardo hace lo mismo!

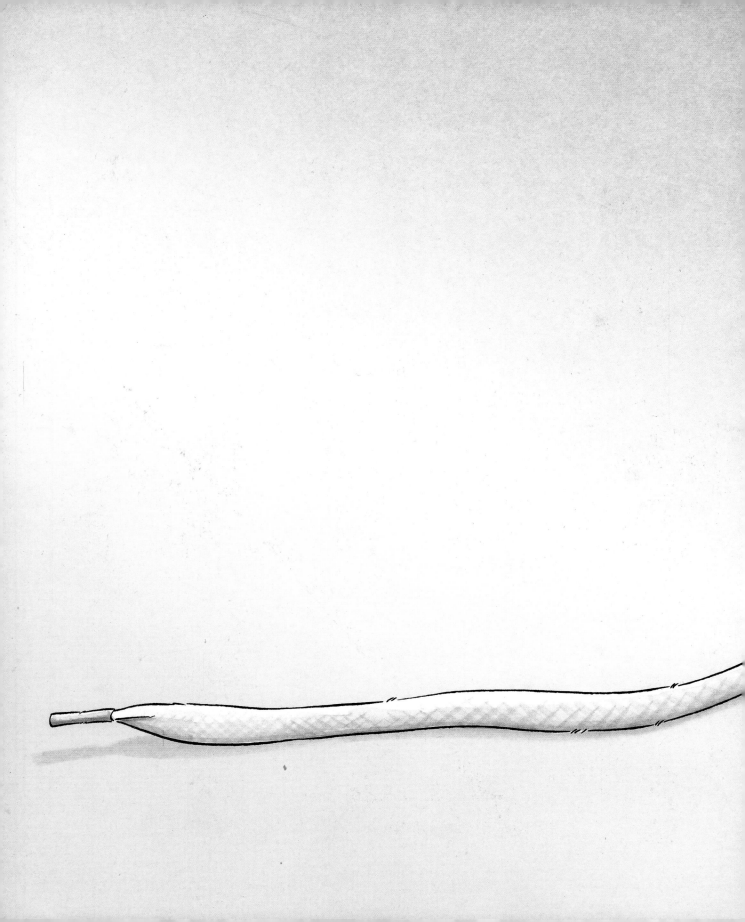